KB154759

독자들이 가장 좋아하는
용혜원의 시

독자들이 가장 좋아하는
용혜원의 시

용혜원 시 | 박만규 그림

개정판

나무생각

시를 엮으며

시로 삶을 표현할 수 있음이 날마다 행복합니다.

시집을 내온 30여 년 동안 항상 함께하여 주신

독자들에게 감사드립니다.

그동안의 시집 속에서 독자들이 좋아하는 시들을 모았습니다.

함께 감상하여 주시기를 원합니다. 독자님들, 사랑합니다.

― 용혜원 ―

1부 내 사랑이 참 좋던 날

2부 함께 있으면 좋은 사람

3부 내 작은 소망으로

1부
내 사랑이 참 좋던 날

그대를 사랑한 뒤로는

그대를 사랑한 뒤로는
내 마음이 그리도 달라질 수 있을까요
온 세상 주인이라도 된 듯
보이는 것마다
만나는 것마다
어찌 그리도 좋을까요
사랑이 병이라면
오래도록 앓아도 좋겠습니다

그대를 사랑한 뒤로는
내 영혼이 그리도 달라질 수 있을까요
온 세상 모두 다 아름다워
보이는 것마다
만나는 것마다
어찌 그리도 좋을까요
사랑이 불꽃이라면
온 영혼을 산라도 좋겠습니다

내 사랑이 참 좋던 날

온 세상을 다 얻기라도 한 듯
두 발은 구름 위로 두둥실 떠오르고
설레고 부푼 가슴을 어찌할 수가 없어
자꾸만 웃음이 나온다

날마다 핏기 하나 없는 얼굴로
초라해지기만 하던 내 모습을
바라보기 싫어 울고만 있었는데
내 사랑의 심지에 불붙인 그대에게
내 마음을 다 주고 싶어 가슴이 쿵쿵 뛴다

외로움의 덩어리가 다 사라져버린
텅 빈 자리를 가득 채워주는
내 사랑이 꿈 있듯 내 안에 가득하다

나를 끌어들인 그대의 눈빛에
정이 깊이 들어가는데

늘 가슴 저리도록 그리워지는 것은
내 맘에 가장 먼저 찾아온
나만의 사랑이기 때문이다

우리 마음이 서로에게 맞닿아
세상에 부러울 것 하나 없이
멋지고 신나는 기분에 빠져들게 하고
나를 행복하게 해주는
내 사랑이 참 좋다

나를 바라보는 눈빛에서

나에게
그대는 편한 사람

그대로 인해
사랑의 문이
열릴 수 있음은
얼마나 행복한 일입니까

소문도 없이 다가온 그대
약속도 없이 다가온 그대

나를 바라보는 눈빛에서
사랑을 느낄 수 있었습니다

우리는
많은 사람들 속에서
만났지만

아무런 말 없이도
가까울 수 있었습니다

나에게
그대가 있어
이 세상은 새롭게 변했습니다

우리는 서로를
사랑하는 사람이 되었습니다
연인이 되었습니다

그대는
나에게 좋은 사람
나에게
그대는 사랑하는 사람

하루 종일 비가 내리는 날은

하루 종일 비가 내리는 날은
사랑에 더 목마르다

왠지 초라해진 내 모습을 바라보며
우울함에 빠진다

온몸에 그리움이 흘러내려
그대에게 떠내려가고 싶다
내 마음에 그대의 모습이 젖어 들어온다
빗물에 그대의 얼굴이 떠오른다

빗물과 함께
그대와 함께 나눈 즐거웠던 시간들이
그대를 보고픈 그리움이
내 가슴 한복판에 흘러내린다

여기저기 흩어져 있던 그리움이
구름처럼 몰려와
내 마음에 보고픔을 쏟아놓는다

하루 종일 비가 내리는 날은
온몸에 쏟아지는 비를 다 맞고서라도
마음이 착하고 고운
그대를 만나러 달려가고 싶다

사랑의 시인

내가 화가라면
그대의 모습을 그릴 것입니다
내가 조각가라면
그대의 모습을 조각할 것입니다

내가 작곡가라면
그대의 사랑을 작곡할 것입니다
내가 가수라면
그대의 사랑을 노래할 것입니다

나의 연인이여
사랑하는 사람이여
나는 시인인 것이 기쁨입니다

우리 사랑을 언제나
시로 쓸 수 있습니다

우리 사랑을 언제나
시집으로 만들 수 있습니다

그대가 원한다면
언제나 사랑의 시를 바치리다
나는 그대로 인해
사랑의 시인이 되었습니다

사랑하라

사랑하라
모든 것을
다 던져버려도
아무런 아낌없이
빠져들어라

사랑하라
인생에 있어서
이 얼마나 값진 순간이냐

사랑하라
투명한 햇살이
그대를 속속들이 비출 때
거짓과 오만
교만과 허세를 훌훌 털어버리고
진실 그대로 사랑하라

사랑하라
뜨거운 입맞춤으로

불타오르는 정열이 흘러내려
사랑이 마르지 않도록

목숨이 다하는 날까지
사랑하라
사랑하라

내가 사랑하는 사람아

내가 사랑하는 사람아
이 한목숨 다하는 날까지
사랑하여도 좋은 나의 사람아

봄, 여름, 그리고 가을, 겨울
그 모든 날들이 다 지나도록
사랑하여도 좋을 나의 사람아

내가 사랑하는 사람아
내 눈에 항상 있고
내 가슴에 있어
내 심장과 함께 뛰어
늘 그리움으로 가득하게 하는
내가 사랑하는 사람아

날마다 보고 싶고
날마다 부르고 싶고

늘 함께 있어도 더 함께 있고 싶어
사랑의 날들이 평생이라 하여도
더 사랑하고 싶고
또다시 사랑하고 싶은
내가 사랑하는 사람아

기분 좋은 날

우리 만나 기분 좋은 날에는
강변을 거닐어도 좋고
돌담길을 거닐어도 좋고
공원의 벤치에 앉아 있어도 좋습니다

우리 만나 기분 좋은 날에는
카페에 앉아 있어도 좋고
스카이라운지에 있어도 좋습니다

우리 만나 기분 좋은 날에는
이 세상이 온통 우리를 위해
축제라도 여는 듯합니다

하늘에 폭죽을 쏘아올린 듯
별빛이 가득하고
거리의 네온사인은 모두
우리를 위한

사랑의 신호 같습니다

우리 만나 기분 좋은 날에는
서로 무슨 말을 해도
웃고 또 웃기만 합니다
그래서 나는 행복합니다

사랑이 그리움뿐이라면

사랑이 그리움뿐이라면
시작도 아니했습니다

오랜 기다림은
차라리 통곡입니다

일생토록 보고 싶다는 말보다는
지금이라도 달려와
웃음으로 우뚝 서 계셨으면 좋겠습니다

수없는 변명보다는
괴로울지언정
진실이 좋겠습니다
당신의 거짓을 볼 때는
타인보다 더 싫습니다

하얀 백지에 글보다는

당신을 보고 있으면
햇살처럼 가슴에 비춰옵니다

사랑도
싹이 나 자라고
꽃피어 열매 맺는 사과나무처럼
계절따라 느끼며 사는 행복뿐일 줄 알았습니다

사랑에
이별이 있었다면
시작도 아니했습니다

이 세상에 그대만큼
사랑하고픈 사람 있을까

이 세상에 그대만큼
사랑하고픈 사람 있을까

처음 만났을 때부터
내 마음 송두리째 사로잡아
머무르고 싶어도
머무를 수 없는 삶 속에서
이토록 기뻐할 수 있으니
그대를 사랑함이 나는 좋다

늘 기다려도 지루하지 않은 사람
내 가슴에 안아도 좋고
내 품에 품어도 좋은 사람
단 한 사람일지라도
목숨처럼 사랑하는 사람이 있다는 것은
행복한 일이다

아무리 생각하고 또 생각하고
눈을 감고 생각하고
눈을 뜨고 생각해 보아도
그대를 사랑함이 좋다

이 세상에 그대만큼
사랑하고픈 사람이 있을까

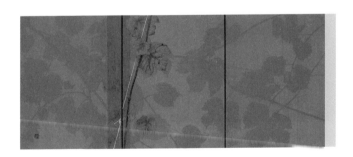

내 목숨꽃 지는 날까지

내 목숨꽃 피었다가
소리 없이 지는 날까지
아무런 후회 없이
그대만을 사랑하고 싶습니다

겨우내 찬 바람에 할퀴었던
상처투성이에서도
봄꽃이 화려하게 피어나듯이

이렇게 화창한 봄날이라면
내 마음도 마음껏
풀어내었으면 좋겠습니다

이렇게 화창한 봄날이라면
한동안 모아두었던
그리움도 꽃으로 피워내고 싶습니다

행복이 가득한 꽃 향기로
웃음이 가득한 꽃 향기로

내가 어디를 가나
그대가 뒤쫓아오고
내가 어디를 가나
그대가 앞서갑니다

내 목숨꽃 피었다가
소리 없이 지는 날까지
아무런 후회 없이
그대만을 사랑하고 싶습니다

그날 밤은

그날 밤은
잠이 오지 않았습니다

생각에 생각이 겹쳐서
다가오는 그대 모습에
나는 잠들 수 없었습니다

그날 밤은
가슴에 생불을 질러놓은 듯
펄쩍펄쩍 날뛰고 싶었습니다

밤의 어둠이 깊어
그대에게로 가는 길을 막아놓았기에
방 안 가득히
불을 켜놓았습니다

그러나

생각은
그대 곁으로 이미 떠나고 없었습니다

그날 밤은
그대 생각에
오랫동안 잠들지 못했습니다

내 마음에 그리움이란
정거장이 있습니다

내 마음에 그리움이란
정거장이 있습니다

그대를 본 순간부터
그대를 만난 날부터
마음엔 온통 보고픔이 돋아납니다
나는 늘 기다림 속에 살고 있습니다

그리움이란 정거장에
세워진 팻말에는
그대의 얼굴이 그려져 있고
'보고 싶다' 는 말이 적혀 있습니다

그대가 내 마음의 정거장에 내릴 때면
온통 그리움으로 발돋움하며 서성이던
날들은 다 사라지고
그대가 내 마음을 환하게 밝혀줄 것입니다

내 눈앞에 서 있는
그대의 웃는 모습을 바라보며
어린아이마냥 좋아할 것입니다
그대를 기다림이 나는 즐겁습니다

내 가슴속에서 떠나지 않는 사랑

그대를 만나는 순간부터
나는 헤어짐을 생각했기에
오랜 사랑을 기대하지 않았습니다

만나면 늘 아쉬움만 남아
텅 빈 공허함이 있었습니다

사랑은 그리움으로
꽃피우는 것입니다
사랑을 알기에 더 고독합니다
사랑할수록 더 고독합니다

그대를 만나면
비에 흠뻑 젖고 나서 햇살을 맞이하는
나무들처럼
내 마음이 변합니다

내가 그대를 사랑하는 것은
사랑의 기쁨을 알기 때문입니다
내 온몸이 뜨겁도록
그대를 그리워합니다

나는 그대를 결코 놓칠 수가 없습니다
그대는 내 가슴속에서
떠나지 않는 사랑입니다

자연스런 아름다움

우리가 남긴 자취를
먼 훗날 뒤돌아보더라도
씁쓸하게 웃어버리는
쓰디쓴 미소로
만들지는 말아야 합니다

그대의 모습이 좋습니다
화장을 짙게 하면
다른 사람을 보고 있는 듯
그대의 아름다움을
볼 수가 있습니다

사랑은
가난한 마음이어야 합니다
사랑은
청결한 마음이어야 합니다
사랑은

독점이 아니라 나눔입니다

우리의 사랑은 꽃꽂이처럼
좋은 것들로만
장식하는 잔인한 작업이 아닙니다

아름다운 꽃꽂이일수록
생명을 잘라내어
조작된 아름다움을 만들기 때문입니다

오래 머물러 향기를 발할 생명이
며칠 간의 눈요기가 되고 마는 것은
괴로운 일입니다

자연스럽게
그대를 사랑하고 싶습니다

목련꽃 피는 봄날에

봄 햇살에 간지럼 타
웃음보가 터진 듯
피어나는 목련꽃 앞에
그대가 서면
금방이라도 얼굴이
더 밝아질 것만 같습니다

삶을 살아가며
가장 행복한 모습 그대로
피어나는 이 꽃을
그대에게 한아름
선물할 수는 없지만

함께 바라볼 수 있는
기쁨만으로도
행복합니다

봄날은
낮은 낮대로
밤은 밤대로 아름답기에
꽃들의 이야기를 나눌 수 있습니다

활짝 피어나는 목련꽃들이
그대 마음에
웃음 보따리를
한아름 선물합니다

목련꽃 피어나는 거리를
그대와 함께 걸으면 행복합니다

우리들의 사랑도 함께
피어나기 때문입니다

그대와 나

그대와 나
설령 이 땅에서 함께하지 못할지라도
사랑으로 행복할 것입니다

사랑은 가슴에서 피어나서
영원으로 꽃피우는 것

계절이 가면 꽃도 지듯
우리들의 사랑도 그리 머무를 시간이 없습니다

사랑은 그 누가 외면하더라도
영원을 두고 타오릅니다
욕심은 허망합니다
사람들은 언제나 제자리로 돌아가기 때문입니다

우리는 서로 마주 바라보다
설령 떨어져 있을지라도

마음속 그리움을 이어가며
기억하고 있을 것입니다

그대의 따뜻함과 잔잔한 미소를
나는 잊을 수가 없습니다

그대와 나
설령 이 땅에서 함께하지 못할지라도
사랑으로 행복할 것입니다

그대의 목소리가 듣고 싶다

전화를 보면
그대의 목소리가 듣고 싶다

내 마음에 다가오는
그 목소리로 인해
선 끝에서
선 끝으로
이어진 사랑

어디서든지
달려오는
그대의 마음

우리들의 속삭임이
끝나고
수화기는 놓였는데
아직도

그대의 목소리가 들린다

그대와 나
서로 사랑하기에
전화를 보면
그대의 목소리가
듣고 싶다

가슴 앓아도 가슴 앓아도

가슴 앓아도 가슴 앓아도
그리움만으로 동동 발구르기보다
기다림을 만남으로 바꾸어
그대의 품 속에 파고들어
사랑만 했으면 좋겠다

가슴 앓아도 가슴 앓아도
삶의 가지 끝에 매달린 듯
홀로 남기는 싫으니
쌓이는 고독 떨쳐버리고
사랑만 했으면 좋겠다

가슴 앓아도 가슴 앓아도
미친 듯이 펄럭이는 그리움
막아도 막아도 보고픈 마음
매어둘 수도 종잡을 수도 없으니
눈물방울만 떨어뜨리기보다
사랑만 했으면 좋겠다

가슴 앓아도 가슴 앓아도
고개를 떨군 채 외론 가슴 억누르며
기억 속으로 떠나가기 전에
내 심장에 살아 펄펄 뛰는 널
온몸이 젖어들도록
사랑만 했으면 좋겠다

사랑이 눈을 뜰 때면

사랑이 눈을 뜰 때면
신비한 빛으로 싹트는
푸른 가슴이 되어
순간이 영원처럼
느껴지는 것은 놀라운 일입니다

온 세상이
단 한 사람의 표정으로 바뀌어가고
꿈도 현실이 되는
이 신비한 세계는
단둘이
만드는
크나큰 사랑의 천국입니다

당신의 눈빛이
당신의 손길이
당신의 가슴이

이렇게 설레게 하는
놀라운 힘을 가짐을 몰랐습니다

사랑이 눈을 뜰 때면
당신밖에 보이질 않습니다

나의 마음은 좁은 듯 날고만 싶고
만나는 사람마다
"사랑하고 있어요"
외치고 싶습니다

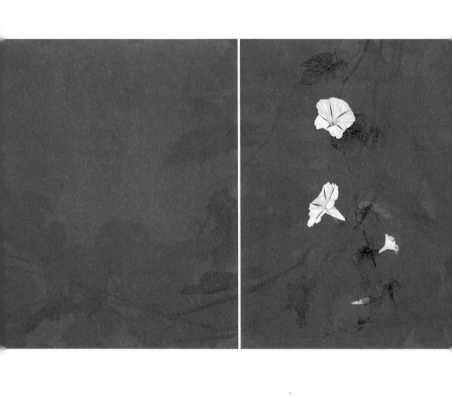

내게는 가장 소중한 그대

이 지상에서
내 마지막 숨을 몰아쉴 때까지
붉디붉게 물든 황혼의 빛깔로
사랑을 물들이며
살아갈 수만 있다면
우리들의 삶은 아름다울 것입니다

고귀하고 소중한 삶이기에
뒤돌아보아도
후회하지 않을 만큼
다 익어 터져버린 석류마냥
내 가슴의 열정을 다 쏟아내며
영혼이 기쁘게 자유롭게
우리의 삶을 살아가고 싶습니다

내 사랑의 솜씨가
뛰어나지 못하고 늘 서툴지만

늘 엇갈리고, 늘 엉키고, 늘 뒤섞이지만
한결 순수하게 누구에게나 자연스럽게
보여지는 사랑을 하고 싶습니다

지금도 내 가슴에 가득 차오르는
그리움으로 살아온 것만으로도
감사할 수 있습니다

우리 사랑을 여름날의 나팔꽃마냥
알리고자 살아갑니다
우리 사랑을 황혼의 태양빛처럼
마지막 순간까지 아름답게
물들이고자 살아갑니다

내게는 가장 소중한 그대여!

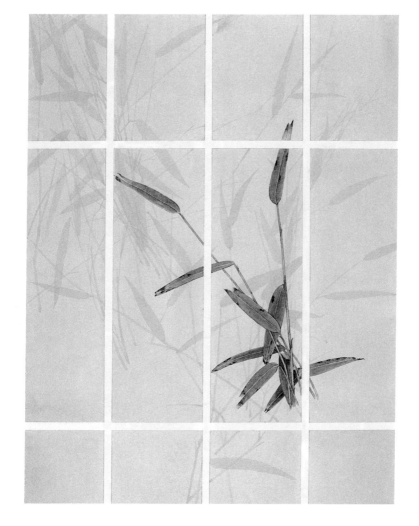

2부

함께 있으면 좋은 사람

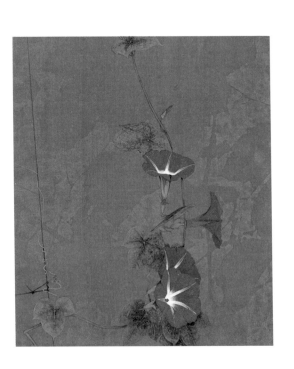

우리 보고 싶으면 만나자

그리움이 마음의 모퉁이에서
눈물이 고이도록 번져나가면
간절한 맘 잔뜩 쌓아놓지 말고
망설임의 골목을 지나
우리 보고 싶으면 만나자

무슨 사연이 그리 많아
무슨 곡절이 그리 많아
끈적끈적 달라붙는 보고픈 마음을
근근이 막아놓는가
그렇게 고민하지만 말고
애타는 마음에 상처만 만들지 말고
우리 보고 싶으면 만나자

보고픈 생각이 심장의 혈관까지 찔러와
속병이 드는데
만나지도 못하면

세월이 흐른 후에 아무런 남김이 없어
억울함에 통곡한들 무슨 소용인가
남은 기억 속에 쓸쓸함으로 남기 전에
우리 보고 싶으면 만나자

그리워 하염없이 눈물만 흘리며
마음의 갈피를 못 잡고
뼛골이 사무치도록 서운했던 마음
다 떨쳐버리고
우리 보고 싶으면 만나자

네가 좋다 참말로 좋다

네가 좋다 참말로 좋다
이 넓디넓은 세상
널 만나지 않았다면
마른나무 가지에 앉아
홀로 울고 있는 새처럼
외로웠을 것이다

너를 사랑하는데
너를 좋아하는데
내 마음은 꽁꽁 얼어버린 것만 같아
사랑을 다 표현할 수 없으니
속 타는 마음을 어찌하나

모든 계절은 지나가도
또다시 돌아와
그 시절 그대로 꽃피어나는데
우리들의 삶은 흘러가면

다시는 되돌아올 수 없어
사랑을 하고픈 걸 어이하나

내 마음을 다 표현하면
지나칠까 두렵고
내 마음을 표현 못하면
떠나가버릴까 두렵다

나는 네가 좋다 참말로 좋다
네가 좋아서 참말로 좋아서
사랑만 하고 싶다

힘이 되어주는 사랑

사랑은
모든 병을 치료해 주는
놀라운 힘을
가지고 있습니다

절망에
빠져 있을 때에도
그대의 말 한 마디
그대의 손길에 따라

나는 다시
힘을 얻고 일어나
열정을 다해
살기로 다짐을 합니다

사랑은
모든 것을 이길 수 있는

힘을 줍니다
그 사랑을 위하여
그대를 만나게 된 것은
행복 중의 행복입니다

홀로 이루려는 사랑보다
둘이 이루는 사랑에
아름다운
결실이 있습니다

그대가 주는 사랑은
삶에 힘이 되어주는
사랑입니다

그리운 이름 하나

내 마음에
그리운 이름 하나 품고
살아갈 수 있다면 얼마나 행복합니까

눈을 감으면 더 가까이 다가와
마구 달려가 내 가슴에
와락 안고만 싶은데
그리움으로만 가득 채웁니다

그대만 생각하면
삶에 생기가 돌고
온몸에 따뜻한 피가 돕니다
그대만 생각하면
가슴이 찡하고
보고픔에 울컥 눈물이 납니다

세월이 흐른다 해도

쓸쓸하지만은 않습니다
내 가슴에 그리운 이름 하나 늘 살아 있음으로
나는 행복합니다

나 그대에게

나 그대에게
추운 겨울날 비추는
햇살처럼 따뜻함을 줄 수 있는
동반자로 살고 있습니다

어찌 보면
모든 일에 내 욕심이 앞서서
그대를 괴롭히고
늘 불편하게 하고 있지 않을까
생각하지만
마음만은 언제나 풋풋한
우리들의 사랑을 나누고 싶습니다

나 그대에게
언제나 어디서나 지켜주고
모든 것을 다 해주고 싶다고
말했던 것을 이루고 싶습니다

살다 보면
생각지도 않았던 어려움들이 몰려와
남남보다 더하게 다투려 할 때도 있지만
형식처럼 사랑하기보다는
늘 새롭게 사랑하고 싶습니다

누구에게도 비교되지 않는
그런 멋진 사랑을 하며 살아가고 싶습니다

나 그대에게
초라한 모습으로 살고 싶지 않습니다
때론 아픔이 있더라도
우리들만의 사랑 노래를 부르고 싶습니다
아름다운 기억으로 남기 위하여

사람을 만나고 싶습니다

사람을 만나고 싶습니다
누구든이 아니라
마음이 통하고
눈길이 통하고
언어가 통하는 사람과
잠시만이라도 같이 있고 싶습니다

살아감이 괴로울 때는
만나는 사람이 있으면 힘이 생깁니다
살아감이 지루할 때면
보고픈 사람이 있으면 용기가 생깁니다

그리도 사람은 많은데
모두 다 바라보면
멋쩍은 모습으로 떠나가고
때론 못 볼 것을 본 것처럼 외면합니다

사람을 만나고 싶습니다
친구라 불러도 좋고
사랑하는 이라 불러도 좋을
사람을 만나고 싶습니다

함께 있으면 좋은 사람 1

그대를 만나던 날
느낌이 참 좋았습니다

착한 눈빛, 해맑은 웃음
한 마디, 한 마디의 말에도
따뜻한 배려가 있어
잠시 동안 함께 있었는데
오래 사귄 친구처럼
마음이 편안했습니다

내가 하는 말들을
웃는 얼굴로 잘 들어주고
어떤 격식이나 체면 차림 없이
있는 그대로 보여주는
솔직하고 담백함이
참으로 좋았습니다

그대가 내 마음을 읽어주는 것만 같아
둥지를 잃은 새가
새 둥지를 찾은 것만 같았습니다
짧은 만남이지만
기쁘고 즐거웠습니다

오랜만에 마음을 함께
맞추고 싶은 사람을 만났습니다

마치 사랑하는 사람에게
장미꽃 한 다발을 받은 것보다
더 행복했습니다

그대는 함께 있으면 있을수록
더 좋은 사람입니다

함께 있으면 좋은 사람 2

그대의 눈빛 익히며
만남이 익숙해져
이제는 서로가
함께 있으면 편안하고
좋은 사람이 되었습니다

쓸쓸하고, 외롭고, 차가운
이 거리에서
나, 그대만 있으면
언제나 외롭지 않습니다

그대와 함께 있으면
내 마음에 젖어드는
그대의 향기가 향기로와
내 마음이 따뜻합니다

그대 내 가슴에만

안겨줄 것을 믿고
나도 그대 가슴에만
머물고 싶습니다

그대는 함께 있으면 좋은 사람
우리 한가롭게 만나
평화롭게 있으면
모든 시름과 걱정이 사라집니다

우리 사랑의 배를 탔으니
어디론가 떠나고 싶습니다
그대는
함께 있으면 좋은 사람입니다

누군가 행복할 수 있다면

나로 인해
누군가 행복할 수 있다면
그 얼마나 놀라운 축복입니까

내가 해준 말 한 마디 때문에
내가 준 작은 선물 때문에
내가 베푼 작은 친절 때문에
내가 감사한 작은 일들 때문에

누군가 행복할 수 있다면
우리는 이 땅을 살아갈 의미가 있습니다

나의 작은 미소 때문에
내가 나눈 작은 봉사 때문에
내가 나눈 사랑 때문에
내가 함께해준 작은 일들 때문에

누군가 기뻐할 수 있다면
내일을 소망하며 살아갈 가치가 있습니다

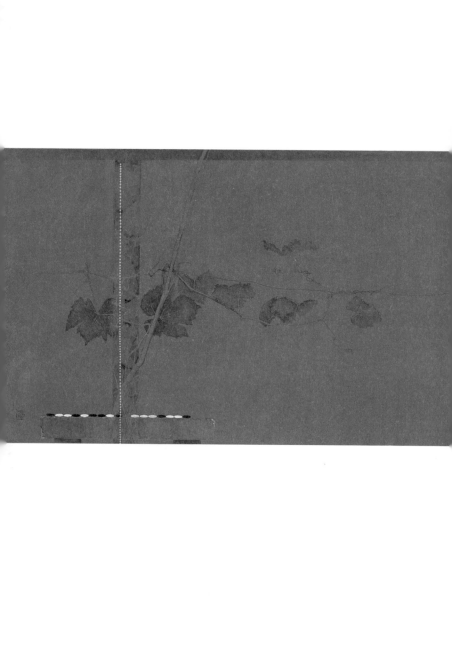

내 마음을 읽어주는 사람

오래 전부터 나를 아는 듯이
내 마음을 활짝 열어본 듯이
내 마음을 읽어주는 사람

눈빛으로 마음으로
상처 깊은 고통도 다 알아주기에
마음 놓고 기대고 싶다

쓸쓸한 날이면 저녁에 만나
한 잔의 커피를 함께 마시면
모든 시름이 사라져버리고
어느 사이에 웃음이 가득해진다

늘 고립되고
외로움에 젖다가도
만나서 밤늦도록 이야기를 나누면
시간 가는 줄 모르고 즐겁다

어느 순간엔 나보다 날
더 잘 알고 있다고 여겨져
내 마음을 다 풀어놓고 만다

내 마음을 다 쏟고 쏟아놓아도
하나도 남김없이 다 들어주기에
나의 피곤한 삶을 기대고 싶다

삶의 고통이 가득한 날도
항상 사랑으로 덮어주기에
내 마음이 참 편하다

이런 날이면

비 오는 날
그대에게
전화를 걸었습니다
이런 날이면
아무런 이유 없이 그대를
만나고 싶습니다

울적해지는 마음
산다는 의미를 생각해 보고
살아온 길을 생각해 보다가
허무에 빠지게 되면
온몸이 탈진한 듯
힘이 없어집니다

비 오는 날
그대에게
전화를 걸었습니다

이런 날이면
아무런 이유 없이 그대를
만나고 싶습니다

나의 연인이여
이런 날이면
그대가 먼저 전화를 해
"보고 싶다, 우리 만나자" 하면
좋겠습니다

동행

인생 길에 동행하는
사람이 있다는 것은
참으로 행복한 일입니다

힘들 때 서로 기댈 수 있고
아플 때 곁에 있어줄 수 있고
어려울 때 힘이 되어줄 수 있으니
서로 위로가 될 것입니다

여행을 떠나도
홀로면 고독할 터인데
서로의 눈 맞추어 웃으며
동행하는 이 있으니
참으로 기쁜 일입니다

사랑은 홀로는 할 수가 없고
맛있는 음식도 홀로는 맛없고

멋진 영화도 홀로는 재미없고
아름다운 옷도 보아줄 사람이 없다면
무슨 소용이 있겠습니까

아무리 재미있는 이야기도
들어줄 사람이 없다면
독백이 되고 맙니다

인생 길에 동행하는 사람이 있다면
더 깊이 사랑해야 합니다
그 사랑으로 인하여
오늘도 내일도 행복할 수 있습니다

당신은 아름답습니다

모든 일에 최선을 다하는
당신은 아름답습니다

언제나 웃으며 친절하게 대하는
당신은 아름답습니다

베풀 줄 아는 마음을 가진
당신은 아름답습니다

아픔을 감싸주는 사랑이 있는
당신은 아름답습니다

약한 자를 위해 봉사할 줄 아는
당신은 아름답습니다

병든 자를 따뜻하게 보살피는
당시은 아름답습니다

늘 겸손하게 섬길 줄 아는
당신은 아름답습니다

작은 약속도 지키는
당신은 아름답습니다

분주한 삶 속에서도 여유가 있는
당신은 참 아름답습니다

내가 좋아하는 이

내가 좋아하는 이
이 지상에 함께 살고 있음은
행복한 일입니다

우리가 태어남은
서로의 만남을 위함입니다

삶이
외로울 때
허전할 때
지쳐 있을 때

오랫동안 함께 있어도
편안하고 힘이 솟기에
이야기를 나누며 마음껏 웃을 수 있는
내가 좋아하는 이 있음은
신나는 일입니다

온종일 떠올려도 기분이 좋고
늘 사랑의 줄로 동여매놓고 싶어
내 마음에 가득 차 오르는 이

내가 좋아하는 이
이 지상에 함께 살고 있음은
기쁜 일입니다

나를 좋아하는 이 있음은
두 팔로 가슴을 안고
환호하고 싶은 정도로
감동스러운 일입니다

그대가 무척 보고 싶어질 때

그대가 무척 보고 싶어질 때가 있다

거리를 걷다가
풀어진 신발 끈을 묶다가
마음이 갑자기 허무해질 때

골똘히 책을 읽다가
마음이 갑자기 고독해질 때

내 마음을 알고 있는
그대의 눈망울에서
내 사랑을 읽을 수 있다

그대가 무척 보고 싶어질 때가 있다

식당에서 혼자 밥을 먹다가
마음이 갑자기 서글퍼질 때

시를 쓰다가
마음이 갑자기 허전해질 때

내 마음을 알아주는
그대의 웃는 얼굴에서
내 사랑을 읽을 수 있다

가족

하늘 아래
행복한 곳은
나의 사랑 나의 아이들이 있는 곳입니다

한가슴에 안고
온 천지를 돌며 춤추어도 좋을
나의 아이들

이토록 살아보아도
살기 어려운 세상을
평생을 이루어야 할 꿈이라도 깨어
사랑을 주겠습니다

어설픈 아비의 모습이 싫어
커다란 목소리로 말하지만
애정의 목소리를 더 잘 듣는 것을

가족을 위하여
목숨을 뿌리더라도
고통을 웃음으로 답하며
꿋꿋이 서 있는 아버지의
건강한 모습을 보이겠습니다

지금은 사랑하기에 가장 좋은 시절

날마다 그대만을 생각하며 산다면
거짓이라 말하겠지만
하루에도 몇 번씩 불쑥불쑥
생각 속으로 파고들어
미치도록 그립게 만드는 걸
내가 어찌하겠습니까

봄꽃들처럼 한순간일지라도
미친 듯이 환장이라도 한 듯이
온 세상 다 보란 듯이 피었다가
처절하게 저버렸으면 좋을 텐데
사랑도 못하고 이별도 못한 채로
살아가니 늘 아쉬움만 남아 있습니다

이런 내 마음을 아는 듯 모르는 듯
시도 때도 없이 아무 때나
가슴에 가득 고여드는 그리움이

발자국 소리를 내며 떠나지 않으니
남모를 깊은 병이라도 든 것처럼
아픔을 감당할 수 없습니다

내 삶 동안에
지금은 사랑하기에 가장 좋은 시절
우리가 사랑할 시간이
아직 남아 있음이 얼마나 축복입니까
우리 사랑합시다

꼭 만나지 않아도 좋은 사람

늘 그리움이란
책장을 넘기면
떠오르는 사람들

사랑을 하지 않았어도
어떤 약속이 없어도
가끔씩 생각 속에
찾아와서는
미소짓게 하는 사람들

어린 시절부터
지금까지
삶의 가까이
삶의 멀리서
언제나 훈훈한 정감이
가득한 사람들
그런 사람들

꼭 만나지 않아도
좋은 사람들
떠오르면 그리운 사람들

바라만 보아도 좋은
상큼한 과일 같은 사람들

가까움 느끼기

끝도 알 수 없고
크기도 알 수 없이 커가는
그리움에 심장이 터질 것만 같습니다

늘 마주친다고
서로가 가까워지는 것은 아닙니다

삶을 살다 보면
왠지 느낌이 좋고
생각하면 웃음이 나오고
늘 그리움으로 목덜미를
간지럽히는 사람이 있습니다

가까움을 느끼려면
모든 껍질을 훌훌 벗어내고
정직해야 합니다
진실해야 합니다

솔직해야 합니다

외로움으로
고독만을 움켜잡고
야위어만 가는 삶의 시간 속에
갇혀 있어서는 불행합니다

사랑하는 사람과 더욱
가까워지기를 연습하며
서로 사랑하기 위하여
묶어놓은 끈들을
하나씩 하나씩 풀어나가는 것입니다

따뜻한 손처럼

그리운 사람아
눈 감아도 눈 떠도 생각나는
아름다운 친구야
혹시 만날까 나선 거리
갈 곳 다 가보아도 못 만나던 날
울고 있는 내 마음
무어라 말할까

친구야
하루가 멀다 하고 만났던 우리
온 세상이 우리들 것만 같았었지

친구야
생각에 잠겨 거리를 걷다
어깨를 툭 치는 사람이 자네라면
얼마나 반가울까
우리는 갑자기 힘이 솟을 걸세

그땐 마주잡는 손도
더 따뜻하겠지

언제나
반가운 사람이 기다려지는 우리
그리운 사람이 보고파지는 우리
살아가면 가끔씩 자네를
만날 수 있다는 생각에
힘이 솟네

친구야
살아도 알 수 없는 세상
모르는 사람뿐인 이 차가운 거리에서
우리 좀더 일찍 만나지 왜 이제 만났나

친구야

친구야
연락 좀 하고 살게나
산다는 게 무언가
서로 안부나 묻고 사세

자네는 만나면
늘 내 생각하며 산다지만
생각하는 사람이
소식 한번 없나

일 년에 몇 차례 스쳐가는
비바람만큼이나
생각날지 모르지

언제나
내가 먼저 소식을 전하는 걸 보면
나는 온통

그리움뿐인가 보네

덧없는 세월 흘러가기 전에
만나나 보고 사세

무엇이 그리도 바쁜가
자네나 나나 마음먹으면
세월도 마다하고 만날 수 있지

삶이란 태어나서
수많은 사람 중에
몇 사람 만나
인사 정도 나누다 가는 것인데

자주 만나야 정도 들지
자주 만나야 사랑도 하지

3부
내 작은 소망으로

우리 살아가는 날 동안

우리 살아가는 날 동안
눈물이 핑 돌 정도로
감동스러운 일들이
많았으면 좋겠다

우리 살아가는 날 동안
가슴이 뭉클할 정도로
감격스러운 일들이
많았으면 좋겠다

우리 살아가는 날 동안
서로 얼싸안고
기뻐할 일들이
많았으면 좋겠다

너와 나 그리고
우리 모두에게

온 세상을 아름답게 할 일들이
많았으면 정말 좋겠다
우리 살아가는 날 동안에

행복을 느낄 수 있다는 것은

삶이란
바다에 잔잔한 파도가
치고 있다는 것이다

사랑하는 사람과 함께할 수 있어
낭만이 흐르고 음악이 흐르는 곳에서
서로의 눈빛을 통하며
함께 커피를 마실 수 있고

흐르는 계절을 따라
사랑의 거리를 함께 정답게 걸으며
하고픈 이야기를 정답게 나눌 수 있다는 것이다

사랑하는 사람과 한 집에 살아
신발을 나란히 놓을 수 있으며
마주 바라보며 식사를 할 수 있고
잠자리를 함께하며

편안히 눕고 깨어날 수 있다는 것이다

서로를 소유할 수 있으며
서로가 원하는 것을 나누며
함께 꿈을 이루어가며
기쁨과 웃음과 사랑이 충만하다는 것이다

행복을 느낄 수 있다는 것은
보이지 않는 삶의 울타리 안에
평안함이 가득하다는 것이다

삶이란
들판에 거세지 않게
가슴을 잔잔히 흔들어놓는
바람이 불고 있다는 것이다

어느 날 하루는 여행을

어느 날 하루는 여행을 떠나
발길 닿는 대로 가야겠습니다
그날은 누구를 꼭 만나거나 무슨 일을 해야 한다는
마음의 짐을 지지 않아서 좋을 것입니다
하늘도 땅도 달라 보이고
날아갈 듯한 마음에 가슴 벅찬 노래를 부르며
살아 있는 표정을 만나고 싶습니다
시골 아낙네의 모습에서
농부의 모습에서
어부의 모습에서
개구쟁이들의 모습에서
모든 것을 새롭게 알고 싶습니다
정류장에서 만난 사람에게 가벼운 목례를 하고
산길에서 웃음으로 길을 묻고
옆자리의 시선도 만나
오며 가며 잃었던 나를 만나야겠습니다
아침이면 숲길에서 나무들의 이야기를 묻고

구름이 떠가는 이유를 알고
파도의 울부짖는 소리를 들으며
나를 가만히 들여다보겠습니다
저녁이 오면 인생의 모든 이야기를
하룻밤에 만들고 싶습니다
돌아올 때는 비밀스런 이야기로
행복한 웃음을 띄우겠습니다

나를 만들어준 것들

내 삶의 가난은 나를 새롭게 만들어주었습니다
배고픔은 살아야 할 이유를 알게 해주었고
나를 산산조각으로 만들어놓을 것 같았던
절망들은 도리어 일어서야 한다는 것을
일깨워주었습니다

힘들고 어려웠던 순간들 때문에
떨어지는 굵은 눈망울을 주먹으로 닦으며
내일을 향해 최선을 다하며 살아야겠다는
다짐을 했을 때 용기가 가슴속에서 솟아났습니다

내 삶 속에서 사랑은 기쁨을 만들어주었고
내일을 향해 걸어갈 수 있는 힘을 주었습니다
사람을 만나는 행복과 사람을 믿을 수 있고
기댈 수 있고 약속할 수 있고
기다려줄 수 있는 마음의 여유를 주었습니다

내 삶을 바라보며 환호하고
기뻐할 수 있는 순간들은
고난을 이겨냈을 때 만들어졌습니다
삶의 진정한 기쁨을 알게 되었습니다

삶이 무엇이냐고 묻는 너에게

삶이 무엇이냐고
묻는 너에게
무엇이라고 말해 줄까

아름답다고
슬픔이라고
기쁨이라고 말해 줄까

우리들의 삶이란
살아가면서 느낄 수 있단다
우리들의 삶이란
나이 들어가면서 알 수 있단다

삶이란 정답이 없다고들 하더구나
사람마다 그들의
삶의 모습이
각기 다르기 때문이 아니겠니?

삶이 무엇이냐고 묻는 너에게

말해주고 싶구나

우리들의 삶이란 가꿀수록

아름다운 것이라고

살아갈수록

애착이 가는 것이라고

희망이 보입니다

희망은 우리의 삶에서 피어나는 꽃입니다
희망을 보여주는 얼굴은
지금 사랑하는 사람의 얼굴입니다
그의 얼굴은 빛이 나고 웃음이 있습니다

희망을 보여주는 얼굴은
기도드리고 일어서는 자의 얼굴입니다
기도는 미래를 기대하는 마음에서
드리는 것이기 때문입니다

희망은 예술가가 작품을 만드는
모습에서도 보입니다
예술가는 완성된 작품을
미리 보고 만들어갑니다

희망은 꿈과 비전이 있는
젊은이의 얼굴에서도 보입니다

젊은이의 가슴에는 꿈을 현실로
바꿀 수 있는 열정이 가득합니다
젊은이에게는 미래가 열려 있습니다

희망은 자기의 일을 마치고 일어서는
사람의 얼굴에서도 보입니다
희망이 없는 사람은 없습니다
희망은 가슴에서 피어나는 꽃입니다

나는 꼭 필요한 사람입니다

마음속에서 큰 소리로
세상을 향하여 외쳐보십시오
"나는 꼭 필요한 사람입니다."

자신의 삶에 큰 기대감을 갖고 살아가면
희망과 기쁨이 날마다 샘솟듯 넘치고
다가오는 모든 문을 하나씩 열어가면
삶에는 리듬감이 넘쳐납니다

이 세상에는 수많은 사람이 살아가고 있지만
그 중에서 단 한 사람도
필요 없는 사람은 없을 것입니다

세상에 희망을 주기 위하여
세상에 사랑을 주기 위하여
세상에 나눔을 주기 위하여
필요한 사람이 되어야 합니다

나로 인해 세상이 조금이라도 달라지고
새롭게 변할 수 있다면
삶은 얼마나 고귀하고 아름다운 것입니까
나로 인해 세상이 조금이라도 더
밝아질 수 있다면 얼마나 신나는 일입니까

자신을 향하여 세상을 향하여
가장 큰 소리로 외쳐보십시오
"나는 꼭 필요한 사람입니다."

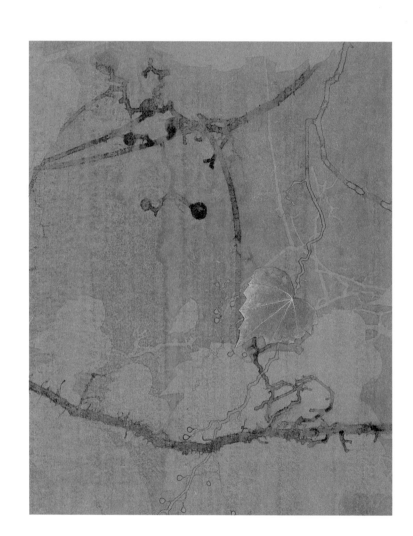

삶의 깊이를 느끼고 싶은 날

삶의 깊이를 느끼고 싶은 날

한 잔의 커피에서
목을 축인다

떠오르는 수많은 생각들

거품만 내며 살지는 말아야지
거칠게 몰아치더라도
파도쳐야지

겉돌지는 말아야지
가슴 한복판에 파고드는
멋진 사랑을 하며
살아가야지

나이가 들어가면서

늘 안타까운 마음이 든다
이렇게만 살아서는 안 되는데
더 열심히 살아야 하는데
늘 조바심이 난다

가을이 오면
열매를 멋지게 맺는
사과나무같이
나도 저렇게 살아야지
하는 생각에

삶의 깊이를 느끼고 싶은 날

한 잔의 커피와
친구 사이가 된다

가을 이야기

가을이
거기에 있었습니다

숲길을 지나
곱게 물든 단풍잎들 속에
우리들이 미처 나누지 못한
사랑 이야기가 있었습니다

가을이
거기에 있었습니다

푸른 하늘 아래
마음껏 탄성을 질러도 좋을
우리들을 어디론가 떠나고 싶게 하는
설레임이 있었습니다

가을이

거기에 있었습니다

갈바람에 떨어지는 노란 은행잎들 속에
우리들의 꿈과 같은
사랑 이야기가 있었습니다

호반에는
가을을 떠나보내는 진혼곡이 울리고
헤어짐을 아쉬워하는
가을 이야기가 있었습니다

한 잔의 커피와 같은
삶의 이야기
가을이
거기에 있었습니다

내 작은 소망으로

내 작은 가슴에
소박한 꿈이라도 이루어지면
그 작은 기쁨에 취하여
내 마음의 길로만 갑니다

언제나 당신 앞에 설 때면
짓궂은 개구쟁이처럼
더럽혀진 모습이었습니다

당신은
십자가의 아픔도
사랑의 빛으로 주셨으니
그 빛 하나하나가
우리 가슴에 사랑으로 비추입니다

오늘은
내 작은 소망이나마

봇물처럼 쏟아져 나오는
뜨거운 마음의 기도를
드리고 싶습니다

오늘은
주여!
기도의 다리를 놓아주십시오
당신을 만나고 싶습니다
당신을 사랑합니다

목련꽃이 지는 날에는

목련꽃이
지는 날에는
목놓아 울고만 싶다

어찌 그 찬란함이
한순간에 사라지고
버림당한
거리에 여자처럼
짓밟히고 있는가

그 순결한 아름다움은
어디로 가고
속옷마저 벗어 던지고
추파를 보내고 있는가

목련꽃이
지는 날에는

가슴이 아프다

한 잎
한 잎 주워도 보았지만
모두 다 떨구고 마는
너의 찬란했던 시간들을
나는 어찌할 수 없구나
나는 어찌할 수 없구나

목련꽃이
지는 날에는
사랑하는 연인의 이름을
부르며 울고만 싶다

못

깊숙이 파고들어야 한다
흔들리지 않도록
심장 속을 꿰뚫어야 한다

견디기 위하여
살아남기 위하여
고정되어야 한다

말이 필요 없다
두들겨 박히면 박힐수록
나는 너를 걸어둘 수 있는
하나의 의미로 살아남는 것이다

소낙비 쏟아지듯 살고 싶다

여름날 소낙비가 시원스레 쏟아질 때면
온 세상이 새롭게 씻어지고
내 마음까지 깨끗이 씻어지는 것만 같아
기분이 상쾌해져 행복합니다

어린 시절 소낙비가 쏟아져 내리는 날이면
그 비를 맞는 재미가 있어
속옷이 다 젖도록 그 비를 온몸으로 다 맞으며
집으로 돌아왔습니다

흠뻑 젖어드는 기쁨이 있었기에
온몸으로 온몸으로
다 받아들이고 싶었습니다
나이가 들며 소낙비를 어린 날처럼
온몸으로 다 맞을 수는 없지만
나의 삶을 소낙비 쏟아지듯 살고 싶습니다

신이 나도록
멋있게
열정적으로
후회 없이 소낙비 시원스레 쏟아지듯 살면
황혼까지도 붉게붉게 아름답게 물들 것입니다
사랑도 그렇게 하고 싶습니다

뒤돌아보지 마라

뒤돌아보지 마라

그리움뿐이다
슬픔뿐이다
아픔뿐이다
절망뿐이다
고독뿐이다

돌아갈 수 없는
그 길을 바라보지 마라

가슴에 묻어둔 이야기

가슴에 묻어둔
이야기가 있는 사람들이 있습니다

그 아픔을
그 그리움을
어찌하지 못한 채로 평생 동안
감싸 안으며 살아가는
사람들이 있습니다

누구에게도 말할 수 없는
비밀이기보다는
지금의 삶을 위하여
지나온 세월을 잊고자함입니다

때로는 말하고 싶고
때로는 훌훌 떨쳐버리고 싶지만
세상살이가 그리 쉬운 일만은 아니어서

가슴앓이로 살아가며
뒤돌아 가지도 못하고
다가가지도 못합니다

외로울 때는
그 그리움도 위로가 되기에
가슴에 묻어둔 이야기를
숨겨놓은 이야기처럼 감싸 안으며
살아가는 사람들이 있습니다

가을비를 맞으며

촉촉이 내리는
가을비를 맞으며
얼마만큼의 삶을
내 가슴에 적셔왔는가
생각해 본다

열심히 살아가는 것인가
언제나 마음 한구석
허전한 마음으로 살아왔는데
훌쩍 떠날 날이 오면
미련 없이 떠나버려도
좋을 만큼 살아왔는가

봄비는 가을을 위해 내린다지만
가을비는 무엇을 위해 내리는 것일까
싸늘한 감촉이
인생의 끝에서 서성이는 자들에게

가라는 신호인 듯한데

온몸을 적실 만큼
가을비를 맞으면
그때는
무슨 옷으로
갈아입고
내일을 가야 하는가

옥수수

먹구름이
몰고 온 여름에
수많은 이야기가
들판으로 모여든다

할아버지 수염을 달고
익어가는 옥수수가
가난한 여인의
치마폭에 감싸여
이야기를 만들고 있다

알맹이 하나하나에
예쁘디예쁜
개구쟁이 꼬마들의
웃음소리가 가득 차 있다

신나는 것은

수많은 이야기가
멋진 노래가 되어
입 안 가득히
쏟아져 내리는 것이다

여름이 오면
멋진 하모니카를
신나게 불고 싶어진다

왜 그리도 아파하며 살아가는지

이 수많은 사람들이
어디로 가자는 것이냐
하루하루를 살아가며
넓은 세상에
작은 날을 사는 것인데
왜 그리도 아파하며 살아가는지

저마다의 얼굴이 다르듯
저마다의 삶이 있으나
죽음 앞에서 허둥대며 살다가
옷조차 입혀주어야 떠나는데
왜 그리도 아파하며 살아가는지

사람들이 슬프다
저 잘난 듯 뽐내어도
자신을 보노라면
괴로운 표정을 짓고

하늘도 땅도 없는 듯 소리치며

같은 만남인데도
한동안은 사랑하고
한동안은 미워하며
왜 그리도 아파하며 살아가는지

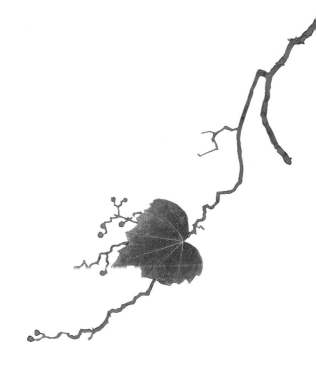

내 마음에 그려놓은 사람

내 마음에 그려놓은
마음이 고운
그 사람이 있어서
세상은 살맛나고
나의 삶은 쓸쓸하지 않습니다

그리움은 누구나 안고 살지만
이룰 수 있는 그리움이 있다면
삶이 고독하지 않습니다

하루 해 날마다 뜨고 지고
눈물 날 것 같은 그리움도 있지만
나를 바라보는 맑은 눈동자 살아 빛나고
날마다 무르익어 가는 사랑이 있어
나의 삶은 의미가 있습니다

내 마음에 그려놓은

마음 착한

그 사람이 있어서

세상이 즐겁고

살아가는 재미가 있습니다

숲 속 오솔길

아무도 모르고
우리 단 둘이만 알고 있는
숲 속 오솔길
하나 있었으면 좋겠습니다

새들이 노래하고
다람쥐들 찾아와 인사하고
풀꽃들 눈짓하는 곳
우리 함께 앉아 쉴 작은 바위
하나 있었으면 좋겠습니다

언제나 보고플 때면
그곳에서 같이 만나
오순도순 이야기를 나누며
웃고 떠들고 노래해도
아무도 뭐라고 하지 않을
숲 속 오솔길

하나 있었으면 좋겠습니다

아무도 모르고
우리 단 둘이만 알고 있는
숲 속 오솔길
하나 찾아내었으면 좋겠습니다

우리의 만남은

우리의 처음 만남은
오늘이 아니었을 것입니다

언젠가 어느 곳에서인가
서로를 모른 채
스쳐지나가듯 만났을지라도
우리는 알 수는 없습니다

그때는
서로가 낯모르는 사람으로
눈길이 마주쳤어도
전혀 낯선 사람으로 여겨
서로 무관심이었을 것입니다

그러나 오늘
우리들의 만남 속에
마음이 열리고

영혼 가득히 사랑을 느끼는 것은

우리의 만남이
우리의 사랑이
이 지상에서
꼭 이루어져야 했기 때문입니다

우리의 만남은
기쁨입니다 축복입니다
서로의 마음을 숨김 없이
쏟아놓을 수 있는 것은
서로를 신뢰할 수 있기 때문입니다

나의 눈동자 속에
그대의 모습이 있고
그대의 눈동자 속에
나의 모습이 담겨져 있습니다

그보다 중요한 것은

그보다 놀라운 것은

우리들의 영혼 속에

주님의 손길이 함께하기 때문입니다

우리를 서로의 영혼을 위하여

그 분의 이름으로

기도할 수 있기 때문입니다

독자들이 가장 좋아하는
용혜원의 시 (개정판)

초 판 1쇄 발행 2007년 5월 17일
초 판 17쇄 발행 2015년 2월 16일
개정판 3쇄 발행 2020년 12월 12일

지은이 | 용혜원
그린이 | 박만규
펴낸이 | 한순 이희섭
펴낸곳 | (주)도서출판 나무생각
편집 | 양미애 백모란
디자인 | 박민선
마케팅 | 이재석
출판등록 | 1999년 8월 19일 제1999-000112호
주소 | 서울특별시 마포구 월드컵로 70-4(서교동) 1F
전화 | 02)334-3339, 3308, 3361
팩스 | 02)334-3318
이메일 | tree3339@hanmail.net
홈페이지 | www.namubook.co.kr
블로그 | blog.naver.com/tree3339

ISBN 979-11-86688-86-1 03810

이 도서의 국립중앙도서관 출판예정도서목록(CIP)은 서지정보유통지원시스템 홈페이지
(http://seoji.nl.go.kr)와 국가자료공동목록시스템(http://www.nl.go.kr/kolisnet)에서
이용하실 수 있습니다. (CIP제어번호: CIP2017007134)